PROPOSITION

CONCERNANT

LA QUESTION DE L'OPÉRA

PROPOSITION

CONCERNANT

LA QUESTION DE L'OPÉRA

PARIS

IMPRIMERIE TYPOGRAPHIQUE DE A. POUGIN

13, QUAI VOLTAIRE, 13

—

1874

PROPOSITION

CONCERNANT

LA QUESTION DE L'OPÉRA

Messieurs les Députés,

L'Assemblée nationale est saisie d'un projet de loi présenté par M. le ministre des travaux publics, relatif à un crédit demandé pour l'achèvement de la salle du nouvel Opéra.

L'honorable M. Bardoux, à propos du crédit voté, il y a quelques jours, pour subvenir à l'exploitation provisoire de l'Opéra, a fait, à diverses reprises, sentir la nécessité absolue qu'il y avait pour la prospérité de Paris, de ne le point priver plus longtemps de sa première scène lyrique. Mais le crédit accordé par la Chambre ne s'appliquait qu'à l'exploitation provisoire qui ne cessera que quand la nouvelle salle sera achevée.

On semble croire que cette nouvelle salle pourra être ouverte le 1ᵉʳ janvier 1875. Mais ce n'est là qu'une espérance. La réalité est que l'Assemblée sera forcée, l'année prochaine, de voter de nouveaux crédits pour la continuation de l'exploitation provisoire, si, comme tout porte à le croire, les travaux ne sont point terminés.

Dans son exposé des motifs, M. le ministre des travaux publics explique que l'achèvement de la nouvelle salle ne peut être effectué qu'à l'aide d'un emprunt évalué approximativement à la somme de 7,000,000 de francs qui doit, de quelque façon qu'on procède, rester à la charge du Trésor public.

Dans l'état présent de nos finances, c'est là un énorme sacrifice auquel l'Assemblée ne voudrait consentir qu'autant qu'elle ne pourrait trouver une autre solution plus avantageuse.

Cette solution existe, et elle se trouve exposée très-clairement dans l'offre suivante que j'ai eu l'honneur de faire à MM. les ministres compétents.

Mon offre est conçue en ces termes :

« 1º Je prends l'engagement d'achever gratuitement
« le nouvel Opéra dans les délais et suivant les devis
« préparés par l'architecte ;

« 2º De me charger de l'exploitation de l'Opéra pen-
« dant quinze ans, *sans aucune subvention*, avec le
« directeur qui sera agréé par le Gouvernement ;

« 3º De reprendre immédiatement, si le Gouverne-
« ment le désire, les représentations en ce moment
« interrompues, en respectant tous les engagements
« existants.

« Je ne demande, en échange de ces sacrifices, qui
« sont considérables, que l'autorisation d'établir dans
« trois villes, telles que Aix (Savoie), Biarritz et Bou-
« logne ou Trouville ou autres, des salons de conversa-
« tion analogues à celui de Bade, et ce, pendant les
« quinze ans ci-dessus. »

Si la proposition que j'ai l'honneur de formuler était
adoptée, la question de l'exploitation provisoire et
celle de l'achèvement du nouvel Opéra seraient défi-
nitivement résolues, sans que le Gouvernement et
l'Assemblée eussent désormais à revenir sur ce sujet.
Les travaux du nouvel Opéra seraient poussés avec

une grande activité sous la surveillance des archi-
tectes de l'État, et ce monument, qui fera honneur à
nôtre époque, serait bientôt achevé sans que, pour cela,
de nouvelles charges fussent demandées aux contri-
buables déjà bien assez grevés par les nouveaux impôts
qui pèsent en ce moment si lourdement sur la pro-
priété, le commerce et l'industrie.

Aux termes des offres que je fais aux ministres compétents, je demande à exploiter l'Opéra pendant une
période de quinze années, et sans aucune subvention,
avantage qui se chiffre pour l'État (la subvention
accordée jusqu'ici étant de 800,000 fr. par an) à la
somme de douze millions, à laquelle il est juste d'a-
jouter trois millions, attendu que, selon l'opinion des
hommes compétents qui ont dirigé l'Opéra, cette subvention, eu égard aux dimensions plus grandes de la
nouvelle scène, devra être au minimum de un million
par an, ce qui, pour une concession de quinze ans,
donne la somme de quinze millions ci . . . 15,000,000

Il faut ajouter à cette somme 1° : celle
de 1.700.000 fr. votée pour l'exploita-
tion provisoire de 1874 1,700,000

2° Le provisoire qui sera demandé en

A reporter 16,700,000

Report. . . .	16,700,000
1875 si la nouvelle salle n'est pas achevée ci	mémoire.
3° Le montant des travaux d'achèvement du nouvel Opéra évalué par M. le ministre des travaux publics à sept millions ci	7,000,000
4° Les intérêts des capitaux avancés ci	mémoire.
Total général, sauf mémoire	23,700,000

Il est bien entendu que si mes propositions étaient acceptées, je tiendrais compte au Trésor des sommes déjà votées et absorbées, et que je ferais face à celles portées pour mémoire dans le décompte ci-dessus établi, sacrifice qui pourrait encore s'élever à trois ou quatre millions.

Dans un cas ordinaire, une question ainsi posée serait une question résolue. S'il n'en est pas de même dans l'espèce, c'est parce que la demande que je fais d'établir, pendant une période de temps égale à celle de l'exploitation dans trois villes, des établissements semblables à ceux qui existaient autrefois en France, et tout dernièrement encore en Allemagne, vient se heurter à quelques préjugés.

Je demande la permission d'aller au-devant des objections, et de placer en face quelques considérations que je livre à vos méditations.

La loi de 1836, bien qu'abolissant les jeux, tolère les contrats à terme à la Bourse, les paris aux courses des chevaux et ceux des agences des poules ; elle tolère également les émissions de valeurs avec lots, les loteries de bienfaisance, ou pour les beaux-arts. Or, toutes ces opérations ne sont que des jeux de hasard.

A une époque comme celle que nous traversons, alors qu'une Assemblée aussi patriotique, aussi honnête et aussi éclairée que l'Assemblée nationale s'est vue contrainte, par les nécessités de la situation et la rigueur des temps, d'élever les impôts, non pas pour amortir le capital de la dette publique, mais pour faire simplement face aux intérêts de ce capital, il doit y avoir des chances de voir accepter ma proposition, qui, en réalité, procure au Trésor une économie de plus de 20 millions.

A tous ces avantages déjà considérables, il importe d'en ajouter d'autres qui ne le seraient pas moins, et que je demande la permission d'indiquer brièvement. Ainsi mon projet d'établir des Casinos dans nos principales villes thermales, telles que Aix en Savoie,

Nice, Biarritz ou toute autre ville, aurait pour conséquence forcée d'amener chez nous les étrangers riches du monde entier. La statistique prouve que le nombre des étrangers que ces Casinos, alors qu'ils existaient, attiraient en Allemagne, s'élevait de cent cinquante mille à deux cent mille par an. Or, en admettant, ce qui n'est point un chiffre élevé, que chacun de ces étrangers dépense pendant son séjour en France deux mille francs, répartis aux chemins de fer, aux hôtels, aux restaurants et aux théâtres, nous atteignons la somme de trois à quatre cents millions de numéraire apportée chaque année par ces heureux de la terre. L'État lui-même, avec le système d'impôts établis aujourd'hui, verra une partie considérable de cette somme entrer dans ses caisses.

Quant au côté moral de la question, il importe, pour le juger sainement, de ne point perdre de vue ce qui se passe dans les autres pays. Les jeux sont libres dans la jeune Amérique, et la loterie fonctionne à nos portes, en Espagne, en Italie et en Prusse. La loterie impériale d'Allemagne a été consacrée par un vote du Reichstag, du 28 février 1872, et cette institution rapporte chaque année à la Prusse 12 à 14 millions de thalers, soit 50 millions de francs.

Le jeu sévèrement réglementé serait d'ailleurs in-contestablement plus moral que le jeu clandestin qui existe partout, malgré les prescriptions de la loi et la surveillance incessante de la police. Car nul n'ignore qu'au-dessous des cercles où tout se passe régulièrement, il y a les tripots, où se produisent des scènes scandaleuses que nulle législation et nulle répression ne feront jamais disparaître.

En réalité, le jeu est un impôt prélevé sur le luxe et le plaisir, deux sources auxquelles il est légitime de s'adresser, ne fût-ce que pour ne plus demander de nouveaux sacrifices au travail. Les produits qui en résulteraient permettraient, ainsi que cela se passait en Allemagne, et autrefois en France, de participer à des œuvres et à des fondations utiles et fécondes. C'est avec les ressources qu'il procura qu'on acheva l'Hôtel des Invalides, l'église Saint-Eustache et le Val-de-Grâce. En Allemagne, dans toutes les villes d'eau, on créait des routes, des églises, des écoles et des hôpitaux. Puis venaient les grands artistes, qu'on pouvait encore rétribuer dignement.

En terminant cette digression, à l'aide de laquelle j'ai conçu l'espoir de jeter quelque lumière sur une question qui n'a jamais été envisagée assez impartiale-.

ment, je reviens à la question de l'Opéra, et, m'appuyant sur la rigoureuse exactitude des chiffres ci-dessus établis, je prends la liberté de rappeler, comme conclusion, que le Gouvernement a devant lui l'alternative suivante : Dépenser vingt millions sept cent mille francs pour terminer l'Opéra par les moyens qu'on propose, ou de le terminer POUR RIEN, si l'Assemblée me fait l'honneur d'accepter mon projet.

Recevez, messieurs les députés, l'assurance du profond respect avec lequel j'ai l'honneur d'être votre très-humble serviteur,

DUPRESSOIR.

PARIS. — TYPOGRAPHIE A. POUGIN, 13, QUAI VOLTAIRE. — 6618.

9 782019 925611